DE L'IMITATION *THÉATRALE;* ESSAI

TIRÉ DES DIALOGUES

DE PLATON:

PAR M. J. J. ROUSSEAU,

DE GENÉVE.

A AMSTERDAM,

Chez MARC-MICHEL REY, Libraire.

M. DCC. LXIV.

AVERTISSEMENT.

CE petit écrit n'est qu'une espèce d'extrait de divers endroits où Platon traite de l'Imitation théâtrale. Je n'y ai gueres d'autre part que de les avoir rassemblés & liés dans la forme d'un discours suivi, au lieu de celle du Dialogue qu'ils ont dans l'original. L'occasion de ce travail fut la Lettre à M. d'Alembert sur les Spectacles ; mais n'ayant pu commodément l'y faire entrer, je le mis à part pour être employé ailleurs, ou tout-à-fait supprimé. De-

puis lors, cet écrit étant ſorti de mes mains, ſe trouva compris, je ne ſçais comment, dans un marché qui ne me regardoit pas. Le Manuſcrit m'eſt revenu : mais le Libraire l'a réclamé comme acquis par lui de bonne foi, & je n'en veux pas dédire celui qui le lui a cédé. Voilà comment cette bagatelle paſſe aujourd'hui à l'Impreſſion.

DE L'IMITATION THÉATRALE.

PLus je ſonge à l'établiſſement de notre République imaginaire, plus il me ſemble que nous lui avons preſcrit des loix utiles & appropriées à la nature de l'homme. Je trouve, ſur-tout, qu'il importoit de donner, comme nous avons fait, des bornes à la licence des Poëtes, & de leur interdire toutes les parties de leur art qui ſe rapportent à l'imitation. Nous reprendrons même, ſi vous voulez, ce ſujet, à préſent que les choſes plus importantes ſont examinées; &, dans l'eſpoir que vous ne me dénoncerez pas à ces dangereux ennemis; je vous avouerai que je regarde tous les Auteurs dramatiques, comme les corrupteurs du peuple, ou de quiconque, se laissant amuser par leurs images, n'est pas capable de les considérer sous leur vrai point de vue, ni de donner à ces fables le correctif dont elles ont besoin. Quelque respect que j'aye pour Homère, leur modèle & leur premier maître, je ne crois pas lui devoir plus qu'à la vérité; & pour commencer par m'assurer d'elle, je vais d'abord rechercher ce que c'est qu'imitation.

Pour imiter une chose, il faut en avoir l'idée. Cette idée est abstraite, absolue, unique & indépendante du nombre d'éxemplaires de cette chose qui peuvent exister dans la Nature. Cette idée est toujours antérieure à son exécution: car l'Architecte qui construit un Palais, a l'idée d'un Palais avant que de commencer le ſien. Il n'en fabrique pas le modèle, il le ſuit, & ce modèle eſt d'avance dans ſon eſprit.

BORNÉ par ſon art à ce ſeul objet, cet Artiſte ne ſçait faire que ſon Palais ou d'autres Palais ſemblables : mais il y en a de bien plus univerſels, qui ſont tout ce que peut exécuter au monde quelque ouvrier que ce ſoit, tout ce que produit la Nature, tout ce que peuvent faire de viſible au ciel, ſur la terre, aux enfers, les Dieux mêmes. Vous comprenez bien que ces Artiſtes ſi merveilleux ſont des Peintres, & même le plus ignorant des hommes en peut faire autant avec un miroir. Vous me direz que le Peintre ne fait pas ces choſes, mais leurs images : autant en fait l'ouvrier qui les fabrique réellement, puiſqu'il copie un modèle qui exiſtoit avant elles.

JE vois là trois Palais bien diſtincts. Premierement le modèle ou l'idée originale qui existe dans l'entendement de l'Architecte, dans la Nature, ou tout au moins dans son Auteur avec toutes les idées possibles dont il est la source : en second lieu, le Palais de l'Architecte, qui est l'image de ce modèle ; & enfin le Palais du Peintre, qui est l'image de celui de l'Architecte. Ainsi, Dieu, l'Architecte & le Peintre sont les auteurs de ces trois Palais. Le premier Palais est l'idée originale, existante par elle-même ; le second en est l'image ; le troisième est l'image de l'image, ou ce que nous appellons proprement imitation. D'où il suit que l'imitation ne tient pas, comme on croit, le second rang, mais le troisième dans l'ordre des êtres, & que, nulle image n'étant exacte & parfaite, l'imitation est toujours d'un degré plus loin de la vérité qu'on ne pense.

L'ARCHITECTE peut faire plusieurs

Palais ſur le même modèle, le Peintre, pluſieurs tableaux du même Palais : mais quant au type ou modèle original, il eſt unique ; car ſi l'on ſuppoſoit qu'il y en eût deux ſemblables, ils ne ſeroient plus originaux ; ils auroient un modèle original, commun à l'un & à l'autre ; & c'eſt celui-là ſeul qui ſeroit le vrai. Tout ce que je dis ici de la peinture eſt applicable à l'imitation théâtrale : mais avant d'en venir là, examinons plus en détail les imitations du Peintre.

NON-ſeulement il n'imite dans ſes tableaux que les images des choſes ; ſçavoir, les productions ſenſibles de la Nature, & les ouvrages des Artiſtes ; il ne cherche pas même à rendre exactement la vérité de l'objet, mais l'apparence : il le peint tel qu'il paroît être, & non pas tel qu'il eſt. Il le peint ſous un ſeul point de vue, & choiſiſſant ce point de vue à ſa volonté, il rend, ſelon qu'il lui convient, le même objet agréable ou difforme aux yeux des ſpectateurs. Ainſi jamais il ne dépend d'eux de juger de la choſe imitée en elle-même ; mais ils ſont forcés d'en juger ſur une certaine apparence, & comme il plaît à l'imitateur : ſouvent même ils n'en jugent que par habitude, & il entre de l'arbitraire juſques dans l'imitation *.

---

* L'expérience nous apprend que la belle harmonie ne flatte point une oreille non prévenue, qu'il n'y a que la ſeule habitude qui nous rende agréables les conſonances, & nous les faſſe diſtinguer des intervalles les plus diſcordans. Quant à la ſimplicité des rapports ſur laquelle on a voulu fonder le plaiſir de l'harmonie, j'ai fait voir dans l'Encyclopédie au mot *Conſonance*, que ce principe eſt inſoutenable, & je crois facile à prouver que toute notre harmonie eſt une invention barbare & gothique qui n'eſt devenue que par trait de tems, un art d'imitation. Un Magiſtrat ſtudieux qui, dans ſes momens de loiſir, au lieu d'aller entendre de la muſique, s'amuſe à en approfondir les ſyſtê-

L'ART de représenter les objets est fort différent de celui de les faire connoître. Le premier plaît sans instruire ; le second instruit sans plaire. L'Artiste qui leve un

---

mes, a trouvé que le rapport de la quinte n'est de deux à trois que par approximation, & que ce rapport est rigoureusement incommensurable. Personne au moins ne sçauroit nier qu'il ne soit tel sur nos clavecins en vertu du tempérament ; ce qui n'empêche pas ces quintes ainsi tempérées de nous paroître agréables. Or où est, en pareil cas, la simplicité du rapport qui devroit nous les rendre telles ? Nous ne sçavons point encore si notre systême de musique n'est pas fondé sur de pures conventions ; nous ne sçavons point si les principes n'en sont pas tout-à-fait arbitraires, & si tout autre systême, substitué à celui-là, ne parviendroit pas, par l'habitude, à nous plaire également. C'est une question discutée ailleurs. Par une analogie assez naturelle, ces réflexions pourroient en exciter d'autres au sujet de la peinture sur le ton d'un tableau, sur l'accord des couleurs, sur certaines parties du dessein où il entre peut-être plus d'arbitraire qu'on ne pense, & où

plan & prend des dimensions exactes, ne fait rien de fort agréable à la vue ; aussi son ouvrage n'est-il recherché que par les

---

l'imitation même peut avoir des regles de convention. Pourquoi les Peintres n'osent-ils entreprendre des imitations nouvelles, qui n'ont contr'elles que leur nouveauté, & paroissent d'ailleurs tout-à-fait du ressort de l'art ? Par exemple, c'est un jeu pour eux de faire paroître en relief une surface plane : pourquoi donc nul d'entr'eux n'a-t-il tenté de donner l'apparence d'une surface plane à un relief ? S'ils font qu'un plafond paroisse une voûte, pourquoi ne font-ils pas qu'une voûte paroisse un plafond ? Les ombres diront-ils, changent d'apparence à divers points de vue ; ce qui n'arrive pas de même aux surfaces planes. Levons cette difficulté, & prions un Peintre de peindre & colorier une statue de maniere qu'elle paroisse plate, rase, & de la même couleur, sans aucun dessein, dans un seul jour & sous un seul point de vue. Ces nouvelles considérations ne seroient peut-être pas indignes d'être examinées par l'amateur éclairé qui a si bien philosophé sur cet art.

gens de l'art. Mais celui qui trace une perſpective, flatte le peuple & les ignorans, parce qu'il ne leur fait rien connoître, & leur offre ſeulement l'apparence de ce qu'ils connoiſſoient déjà. Ajoûtez que la meſure, nous donnant ſucceſſivement une dimenſion & puis l'autre, nous inſtruit lentement de la vérité des choſes; au lieu que l'apparence nous offre le tout à la fois, &, ſous l'opinion d'une plus grande capacité d'eſprit, flatte le ſens en ſéduiſant l'amour-propre.

Les repréſentations du Peintre, dépourvues de toute réalité, ne produiſent même cette apparence, qu'à l'aide de quelques vaines ombres & de quelques légers ſimulacres qu'il fait prendre pour la choſe même. S'il y avoit quelque mélange de vérité dans ſes imitations, il faudroit qu'il connût les objets qu'il imite; il ſeroit Naturaliſte, Ouvrier, Phyſicien, avant d'être Peintre. Mais au contraire, l'étendue de ſon art n'eſt fondé que ſur ſon ignorance ; & il ne peint tout, que parce qu'il n'a beſoin de rien connoître. Quand il nous offre un Philoſophe en méditation, un Aſtronome obſervant les aſtres, un Géometre traçant des figures, un Tourneur dans ſon attelier, ſçait-il pour cela tourner, calculer, méditer, obſerver les aſtres ? Point du tout ; il ne ſçait que peindre. Hors d'état de rendre raiſon d'aucune des choſes qui ſont dans ſon tableau, il nous abuſe doublement par ſes imitations, ſoit en nous offrant une apparence vague & trompeuſe, dont ni lui ni nous ne ſçaurions diſtinguer l'erreur; ſoit en employant des meſures fauſſes pour produire cette apparence, c'eſt-à-dire, en altérant toutes les véritables dimenſions ſelon les loix de la perſpective : de ſorte que, ſi le ſens du ſpectateur ne prend pas le change & ſe borne à voir le tableau tel qu'il eſt, il ſe trompera ſur tous les rapports des choſes qu'on lui préſente, ou les trouvera tous faux. Cependant l'illuſion ſera telle que les ſimples & les enfans s'y méprendront, qu'ils croiront voir des objets que le Peintre lui-même ne connoît pas, & des ouvriers à l'art deſquels il n'entend rien.

APPRENONS par cet exemple à nous défier de ces gens univerſels, habiles dans tous les arts, verſés dans toutes les ſciences, qui ſçavent tout, qui raiſonnent de tout, & ſemblent réunir à eux ſeuls les talens de tous les mortels. Si quelqu'un nous dit connoître un de ces hommes merveilleux, aſſurons-le, ſans héſiter, qu'il eſt la dupe des preſtiges d'un charlatan, & que tout le ſçavoir de ce grand Philoſophe n'eſt fondé que ſur l'ignorance de ſes admirateurs, qui ne ſçavent point diſtinguer l'erreur d'avec la vérité, ni l'imitation d'avec la choſe imitée.

CECI nous mène à l'examen des Auteurs tragiques & d'Homere leur chef*. Car plusieurs assurent qu'il faut qu'un Poëte tragique sçache tout; qu'il connoisse à fond les vertus & les vices, la politique & la morale, les loix divines & humaines, & qu'il doit avoir la science de toutes les choses qu'il traite, ou qu'il ne fera jamais rien de bon. Cherchons donc si ceux qui relevent la Poësie à ce point de sublimité ne s'en laissent point imposer aussi par l'art imitateur des Poëtes; si leur admiration pour ces immortels ouvrages ne les empêche point de voir combien ils sont loin du vrai, de sentir que ce sont des couleurs sans consistance, de vains

---

* C'étoit le sentiment commun des Anciens, que tous leurs Auteurs tragiques n'étoient que les copistes & les imitateurs d'Homère. Quelqu'un disoit des Tragédies d'Euripide : *Ce sont les restes des festins d'Homère, qu'un convive emporte chez lui.*

vains fantômes, des ombres; & que, pour tracer de pareilles images, il n'y a rien de moins néceſſaire que la connoiſſance de la vérité : ou bien, s'il y a dans tout cela quelque utilité réelle, & ſi les Poëtes ſçavent en effet cette multitude de choſes dont le Vulgaire trouve qu'ils parlent ſi bien.

DITES-MOI, mes amis, ſi quelqu'un pouvoit avoir à ſon choix le portrait de ſa maitreſſe ou l'original, lequel penſeriez-vous qu'il choisît? Si quelque Artiſte pouvoit faire également la choſe imitée ou ſon ſimulacre, donneroit-il la préférence au dernier, en objets de quelque prix, & ſe contenteroit-il d'une maiſon en peinture, quand il pourroit s'en faire une en effet? Si donc l'Auteur tragique ſçavoit réellement les choſes qu'il prétend peindre, qu'il eût les qualités qu'il décrit, qu'il ſçût faire lui-même tout ce qu'il fait faire à ſes perſonnages, n'exerceroit-il pas leurs talens ? Ne pratiqueroit-il pas leurs vertus ? N'éleveroit-il pas des monumens à sa gloire plutôt qu'à la leur ? & n'aimeroit-il pas mieux faire lui-même des actions louables, que se borner à louer celles d'autrui ? Certainement le mérite en seroit tout autre ; & il n'y a pas de raison pourquoi, pouvant le plus, il se borneroit au moins. Mais que penser de celui qui nous veut enseigner ce qu'il n'a pas pu apprendre ? Et qui ne riroit de voir une troupe imbécille aller admirer tous les ressorts de la politique & du cœur humain mis en jeu par un étourdi de vingt ans, à qui le moins sensé de l'assemblée ne voudroit pas confier la moindre de ses affaires ?

LAISSONS ce qui regarde les talens & les arts. Quand Homere parle si bien du sçavoir de Machaon, ne lui demandons point compte du sien sur la même matiere. Ne nous informons point des malades qu'il a guéris, des élèves qu'il a faits en médecine, des chefs-d'œuvre de gravure & d'orfévrerie qu'il a finis, des ouvriers qu'il a formés, des monumens de ſon induſtrie. Souffrons qu'il nous enſeigne tout cela, ſans ſçavoir s'il en eſt inſtruit. Mais quand il nous entretient de la guerre, du gouvernement, des loix, des ſciences qui demandent la plus longue étude & qui importent le plus au bonheur des hommes, oſons l'interrompre un moment & l'interroger ainſi : O divin Homere ! nous admirons vos leçons; & nous n'attendons, pour les ſuivre, que de voir comment vous les pratiquez vous-même ; ſi vous êtes réellement ce que vous vous efforcez de paroître ; ſi vos imitations n'ont pas le troiſiéme rang, mais le ſecond après la vérité, voyons en vous le modèle que vous nous peignez dans vos ouvrages ; montrez-nous le Capitaine, le Légiſlateur & le Sage, dont vous nous offrez ſi hardiment le portrait. La Grece & le Monde entier célebrent les bienfaits des grands hommes qui posséderent ces arts sublimes dont les préceptes vous coûtent si peu. Lycurgue donna des loix à Sparte, Charondas à la Sicile & à l'Italie, Minos aux Crétois, Solon à nous. S'agit-il des devoirs de la vie, du sage gouvernement de la maison, de la conduite d'un citoyen dans tous les états ? Thalès de Milet & le Scythe Anacharsis donnerent à la fois l'exemple & les préceptes. Faut-il apprendre à d'autres ces mêmes devoirs, & instituer des Philosophes & des Sages qui pratiquent ce qu'on leur a enseigné ? Ainsi fit Zoroastre aux Mages, Pythagore à ses disciples, Lycurgue à ses concitoyens. Mais vous, Homere, s'il est vrai que vous ayez excellé en tant de parties ; s'il est vrai que vous puissiez instruire les hommes & les rendre meilleurs ; s'il est vrai qu'à l'imitation vous ayez joint l'intelligence & le sçavoir aux discours ; voyons les travaux qui prouvent votre habileté, les États que vous avez institués, les vertus qui vous honorent, les disciples que vous avez faits, les batailles que vous avez gagnées, les richesses que vous avez acquises. Que ne vous êtes-vous concilié des foules d'amis, que ne vous êtes-vous fait aimer & honorer de tout le monde? Comment se peut-il que vous n'ayez attiré près de vous que le seul Cléophile? encore n'en fites-vous qu'un ingrat. Quoi! un Protagore d'Abdère, un Prodicus de Chio, sans sortir d'une vie simple & privée, ont attroupé leurs contemporains autour d'eux, leur ont persuadé d'apprendre d'eux seuls l'art de gouverner son pays, sa famille & soi-même; & ces hommes si merveilleux, un Hésiode, un Homere, qui sçavoient tout, qui pouvoient tout apprendre aux hommes de leur tems, en ont été négligés au point d'aller errans, mendiant par tout l'univers; & chantant leurs vers de ville en ville, comme de vils Baladins ! Dans ces siecles grossiers, où le poids de l'ignorance commençoit à se faire sentir, où le besoin & l'avidité de sçavoir concouroient à rendre utile & respectable tout homme un peu plus instruit que les autres, si ceux-ci eussent été aussi sçavans qu'ils sembloient l'être, s'ils avoient eu toutes les qualités qu'ils faisoient briller avec tant de pompe, ils eussent passé pour des prodiges ; ils auroient été recherchés de tous ; chacun se seroit empressé pour les avoir, les posséder, les retenir chez soi ; & ceux qui n'auroient pu les fixer avec eux, les auroient plutôt suivis par toute la terre, que de perdre une occasion si rare de s'instruire & de devenir des Héros pareils à ceux qu'on leur faisoit admirer *.

* Platon ne veut pas dire qu'un homme entendu pour ses intérêts & versé dans les affaires lucratives, ne puisse, en trafiquant de la Poësie ; ou par d'autres moyens, parvenir à une grande

CONVENONS donc que tous les Poëtes, à commencer par Homere, nous repréſentent dans leurs tableaux, non le modèle des vertus, des talens, des qualités de l'ame, ni les autres objets de l'entendement & des ſens qu'ils n'ont pas en eux-mêmes, mais les images de tous ces objets tirées d'objets étrangers; & qu'ils ne ſont pas plus près en cela de la vérité, quand ils nous offrent les traits d'un Héros ou d'un Capitaine, qu'un Peintre qui, nous peignant un Géometre ou un Ouvrier, ne regarde point à l'art où il n'entend rien, mais ſeulement aux couleurs & à la figure. Ainſi font illuſion les noms

---

fortune. Mais il eſt fort différent de s'enrichir & s'illuſtrer par le métier de Poëte, ou de s'enrichir & s'illuſtrer par les talens que le Poëte prétend enſeigner. Il eſt vrai qu'on pouvoit alléguer à Platon l'exemple de Tirtée; mais il ſe fût tiré d'affaire avec une diſtinction, en le conſidérant plutôt comme Orateur que comme Poëte.

& les mots à ceux qui, ſenſibles au rithme & à l'harmonie, ſe laiſſent charmer à l'art enchanteur du Poëte, & ſe livrent à la ſéduction par l'attrait du plaiſir; en ſorte qu'ils prennent les images d'objets qui ne ſont connus, ni d'eux, ni des auteurs, pour les objets mêmes, & craignent d'être détrompés d'une erreur qui les flatte, ſoit en donnant le change à leur ignorance, ſoit par les ſenſations agréables dont cette erreur eſt accompagnée.

En effet, ôtez au plus brillant de ces tableaux le charme des vers & les ornemens étrangers qui l'embelliſſent; dépouillez-le du coloris de la Poëſie ou du ſtyle, & n'y laiſſez que le deſſein, vous aurez peine à le reconnoître: ou, s'il eſt reconnoiſſable, il ne plaira plus; ſemblable à ces enfans plutôt jolis que beaux, qui, parés de leur ſeule fleur de jeuneſſe, perdent avec elle toutes leurs graces, ſans avoir rien perdu de leurs traits.

NON-ſeulement l'imitateur ou l'auteur du ſimulacre ne connoît que l'apparence de la choſe imitée, mais la véritable intelligence de cette choſe n'appartient pas même à celui qui l'a faite. Je vois dans ce tableau des chevaux attelés au char d'Hector; ces chevaux ont des harnois, des mords, des rênes; l'Orfevre, le Forgeron, le Sellier ont fait ces diverſes choſes, le Peintre les a repréſentées; mais, ni l'Ouvrier qui les fait, ni le Peintre qui les deſſine ne ſçavent ce qu'elles doivent être: c'eſt à l'Ecuyer ou au Conducteur qui s'en ſert à déterminer leur forme ſur leur uſage; c'eſt à lui ſeul de juger ſi elles ſont bien ou mal, & d'en corriger les défauts. Ainſi dans tout inſtrument poſſible, il y a trois objets de pratique à conſidérer, ſçavoir l'uſage, la fabrique & l'imitation. Ces deux derniers arts dépendent manifeſtement du premier, & il n'y a rien d'imitable dans la nature à quoi l'on ne puiſſe appliquer les mêmes diſtinctions.

SI l'utilité, la bonté, la beauté d'un inſtrument, d'un animal, d'une action ſe rapportent à l'uſage qu'on en tire; s'il n'appartient qu'à celui qui les met en œuvre d'en donner le modèle & de juger ſi ce modèle eſt fidelement exécuté : loin que l'imitateur ſoit en état de prononcer ſur les qualités des choſes qu'il imite, cette déciſion n'appartient pas même à celui qui les a faites. L'imitateur ſuit l'ouvrier dont il copie l'ouvrage, l'Ouvrier ſuit l'Artiſte qui ſçait s'en ſervir, & ce dernier ſeul apprécie également la choſe & ſon imitation; ce qui confirme que les tableaux du Poëte & du Peintre n'occupent que la troiſième place après le premier modèle ou la vérité.

MAIS le Poëte, qui n'a pour juge qu'un peuple ignorant auquel il cherche à plaire, comment ne défigurera-t-il pas, pour le flatter, les objets qu'il lui préſente ? Il imitera ce qui paroît beau à la multitude, ſans ſe ſoucier s'il l'eſt en effet. S'il peint la valeur, aura-t-il Achille pour juge? S'il peint la ruſe, Ulyſſe le reprendra-t-il? Tout au contraire Achille & Ulyſſe ſeront ſes perſonnages; Therſite & Dolon ſes ſpectateurs.

Vous m'objecterez que le Philoſophe ne ſçait pas non plus lui-même tous les arts dont il parle, & qu'il étend ſouvent ſes idées auſſi loin que le Poëte étend ſes images. J'en conviens : mais le Philoſophe ne ſe donne pas pour ſçavoir la vérité, il la cherche; il examine, il diſcute, il étend nos vues, il nous inſtruit même en ſe trompant; il propoſe ſes doutes pour des doutes, ſes conjectures pour des conjectures, & n'affirme que ce qu'il ſçait. Le Philoſophe qui raiſonne, ſoumet ſes raiſons à notre jugement; le Poëte & l'imitateur ſe fait juge lui-même. En nous offrant ſes images, il les affirme conformes à la vérité;

il eſt donc obligé de la connoître, ſi ſon art a quelque réalité ; en peignant tout, il ſe donne pour tout ſçavoir. Le Poëte eſt le Peintre qui fait l'image ; le Philoſophe eſt l'Architecte qui leve le plan : l'un ne daigne pas même approcher de l'objet pour le peindre ; l'autre meſure avant de tracer.

Mais de peur de nous abuſer par de fauſſes analogies, tâchons de voir plus diſtinctement à quelle partie, à quelle faculté de notre ame ſe rapportent les imitations du Poëte, & conſidérons d'abord d'où vient l'illuſion de celles du Peintre. Les mêmes corps vus à diverſes diſtances ne paroiſſent pas de même grandeur, ni leurs figures également ſenſibles, ni leurs couleurs de la même vivacité. Vus dans l'eau, ils changent d'apparence ; ce qui étoit droit, paroît briſé ; l'objet paroît flotter avec l'onde. A travers un verre ſphérique ou creux tous les rapports des traits ſont changés ; à l'aide du clair & des ombres, une ſurface plane ſe releve ou ſe creuſe au gré du Peintre ; ſon pinceau grave des traits auſſi profonds que le ciſeau du Sculpteur, & dans les reliefs qu'il ſçait tracer ſur la toile, le toucher démenti par la vue, laiſſe à douter auquel des deux on doit ſe fier. Toutes ces erreurs ſont évidemment dans les jugemens précipités de l'eſprit. C'eſt cette foibleſſe de l'entendement humain, toujours preſſé de juger ſans connoître, qui donne priſe à tous ces preſtiges de magie par leſquels l'Optique & la Mécanique abuſent nos ſens. Nous concluons, ſur la ſeule apparence, de ce que nous connoiſſons à ce que nous ne connoiſſons pas, & nos inductions fauſſes ſont la ſource de mille illuſions.

QUELLES reſſources nous ſont offertes contre ces erreurs ? Celles de l'examen & de l'analyſe. La ſuſpenſion de l'eſprit, l'art de mesurer, de peser, de compter, sont les secours que l'homme a pour vérifier les rapports des sens, afin qu'il ne juge pas de ce qui est grand ou petit, rond ou quarré, rare ou compacte, éloigné ou proche, par ce qui paroît l'être, mais par ce que le nombre, la mesure & le poids lui donnent pour tel. La comparaison, le jugement des rapports trouvés par ces diverses opérations, appartiennent incontestablement à la faculté raisonnante, & ce jugement est souvent en contradiction avec celui que l'apparence des choses nous fait porter. Or nous avons vû ci-devant que ce ne sçauroit être par la même faculté de l'ame, qu'elle porte des jugemens contraires des mêmes choses considérées sous les mêmes relations. D'où il suit que ce n'est point la plus noble de nos facultés, sçavoir la raison ; mais une faculté différente & inférieure, qui juge sur l'apparence, & se livre au charme de l'imitation. C'est ce que je voulois exprimer ci-devant, en disant que la Peinture, & généralement l'art d'imiter, exerce ses opérations loin de la vérité des choses, en s'unissant à une partie de notre ame dépourvue de prudence & de raison, & incapable de rien connoître par elle-même de réel & de vrai *. Ainsi l'art d'imiter, vil par sa nature & par la faculté de l'ame sur laquelle il agit, ne peut que l'être encore par ses productions, du moins quant au sens matériel qui nous fait juger des tableaux du Peintre. Considérons maintenant le même art appliqué par les imitations du Poëte immédiatement au sens interne, c'est-à-dire, à l'entendement.

---

* Il ne faut pas prendre ici ce mot de *partie* dans un sens exact, comme si Platon supposoit l'ame réellement divisible ou composée. La division qu'il suppose & qui lui fait employer le mot de *parties*, ne tombe que sur les divers genres d'opérations par lesquelles l'ame se modifie, & qu'on appelle autrement *facultés*.

La ſcène repréſente les hommes agiſſant volontairement ou par force, eſtimant leurs actions bonnes ou mauvaiſes, ſelon le bien ou le mal qu'ils penſent leur en revenir, & diverſement affectés, à cauſe d'elles, de douleur ou de volupté. Or, par les raiſons que nous avons déjà diſcutées, il eſt impoſſible que l'homme, ainſi préſenté, ſoit jamais d'accord avec lui-même ; & comme l'apparence & la réalité des objets ſenſibles lui en donnent des opinions contraires, de même il apprécie différemment les objets de ſes actions, ſelon qu'ils ſont éloignés ou proches, conformes ou oppoſés à ſes paſſions ; & ſes jugemens, mobiles comme elles, mettent ſans ceſſe en contradiction ſes deſirs, ſa raiſon, ſa volonté & toutes les puiſſances de ſon ame.

La ſcène repréſente donc tous les hommes, & même ceux qu'on nous donne pour modèles, comme affectés autrement qu'ils qu'ils ne doivent l'être pour se maintenir dans l'état de modération qui leur convient. Qu'un homme sage & courageux perde son fils, son ami, sa maitresse, enfin l'objet le plus cher à son cœur; on ne le verra point s'abandonner à une douleur excessive & déraisonnable; & si la foiblesse humaine ne lui permet pas de surmonter tout-à-fait son affliction, il la tempérera par la constance; une juste honte lui fera renfermer en lui-même une partie de ses peines; &, contraint de paroître aux yeux des hommes, il rougiroit de dire & faire en leur présence plusieurs choses qu'il dit & fait étant seul. Ne pouvant être en lui tel qu'il veut, il tâche au moins de s'offrir aux autres tel qu'il doit être. Ce qui le trouble & l'agite, c'est la douleur & la passion; ce qui l'arrête & le contient, c'est la raison & la loi; & dans ces mouvemens opposés, sa volonté se déclare toujours pour la derniere.

En effet, la raiſon veut qu'on ſupporte patiemment l'adverſité, qu'on n'en aggrave pas le poids par des plaintes inutiles, qu'on n'eſtime pas les choſes humaines au-delà de leur prix, qu'on n'épuiſe pas, à pleurer ſes maux, les forces qu'on a pour les adoucir, & qu'enfin l'on ſonge quelquefois qu'il eſt impoſſible à l'homme de prévoir l'avenir, & de ſe connoître aſſez lui-même pour ſçavoir ſi ce qui lui arrive eſt un bien ou un mal pour lui.

Ainsi ſe comportera l'homme judicieux & tempérant, en proie à la mauvaiſe fortune. Il tâchera de mettre à profit ſes revers mêmes, comme un joueur prudent cherche à tirer parti d'un mauvais point que le hazard lui amene ; &, ſans ſe lamenter comme un enfant qui tombe & pleure auprès de la pierre qui l'a frappé, il ſçaura porter, s'il le faut, un fer ſalutaire à ſa bleſſure, & la faire ſaigner pour la guérir. Nous dirons donc que la constance & la fermeté dans les disgraces sont l'ouvrage de la raison, & que le deuil, les larmes, le désespoir, les gémissemens appartiennent à une partie de l'ame opposée à l'autre, plus débile, plus lâche, & beaucoup inférieure en dignité.

OR c'est de cette partie sensible & foible que se tirent les imitations touchantes & variées qu'on voit sur la scène. L'homme ferme, prudent, toujours semblable à lui-même, n'est pas si facile à imiter; &, quand il le seroit, l'imitation, moins variée, n'en seroit pas si agréable au Vulgaire; il s'intéresseroit difficilement à une image qui n'est pas la sienne, & dans laquelle il ne reconnoîtroit ni ses mœurs, ni ses passions : jamais le cœur humain ne s'identifie avec des objets qu'il sent lui être absolument étrangers. Aussi l'habile Poëte, le Poëte qui sçait l'art de réussir, cherchant à plaire au Peuple & aux hommes vulgaires, se garde bien de leur offrir la ſublime image d'un cœur maître de lui, qui n'écoute que la voix de la ſageſſe ; mais il charme les ſpectateurs par des caracteres toujours en contradiction, qui veulent & ne veulent pas, qui font retentir le Théâtre de cris & de gémiſſemens, qui nous forcent à les plaindre, lors même qu'ils font leur devoir, & à penſer que c'eſt une triſte choſe que la vertu, puiſqu'elle rend ſes amis ſi miſérables. C'eſt par ce moyen, qu'avec des imitations plus faciles & plus diverſes, le Poëte emeut & flatte davantage les ſpectateurs.

CETTE habitude de ſoumettre à leurs paſſions les gens qu'on nous fait aimer, altère & change tellement nos jugemens ſur les choſes louables, que nous nous accoutumons à honorer la foibleſſe d'ame ſous le nom de ſenſibilité, & à traiter d'hommes durs & ſans ſentimens ceux en qui la ſévérité du devoir l'emporte, en toute occasion, sur les affections naturelles. Au contraire, nous estimons comme gens d'un bon naturel ceux qui, vivement affectés de tout, sont l'éternel jouet des évenemens ; ceux qui pleurent comme des femmes la perte de ce qui leur fut cher ; ceux qu'une amitié désordonnée rend injustes pour servir leurs amis ; ceux qui ne connoissent d'autre regle que l'aveugle penchant de leur cœur ; ceux qui, toujours loués du sexe qui les subjugue & qu'ils imitent, n'ont d'autres vertus que leurs passions, ni d'autre mérite que leur foiblesse. Ainsi l'égalité, la force, la constance, l'amour de la justice, l'empire de la raison, deviennent insensiblement des qualités haïssables, des vices que l'on décrie ; les hommes se font honorer par tout ce qui les rend dignes de mépris ; & ce renversement des saines opinions est l'infaillible effet des leçons qu'on va prendre au Théâtre.

C'EST donc avec raiſon que nous blâmions les imitations du Poëte & que nous les mettions au même rang que celles du Peintre, ſoit pour être également éloignées de la vérité, ſoit parce que l'un & l'autre flattant également la partie ſenſible de l'ame, & négligeant la rationelle, renverſent l'ordre de nos facultés; & nous font ſubordonner le meilleur au pire. Comme celui qui s'occuperoit dans la République à ſoumettre les bons aux méchans, & les vrais chefs aux rebelles, ſeroit ennemi de la Patrie, & traître à l'État; ainſi le Poëte imitateur porte les diſſenſions & la mort dans la République de l'ame, en élevant & nourriſſant les plus viles facultés aux dépens des plus nobles, en épuiſant & uſant ſes forces ſur les choſes les moins dignes de l'occuper, en confondant par de vains ſimulacres le vrai beau avec l'attrait menſonger qui plaît à la multitude & la grandeur apparente avec la véritable grandeur.

QUELLES ames fortes oseront se croire à l'épreuve du soin que prend le Poëte de les corrompre ou de les décourager ? Quand Homère ou quelque Auteur tragique nous montre un Héros surchargé d'affliction, criant, lamentant, se frappant la poitrine : un Achille, fils d'une Déesse, tantôt étendu par terre & répandant des deux mains du sable ardent sur sa tête ; tantôt errant comme un forcené sur le rivage, & mêlant au bruit des vagues ses hurlemens effrayans : un Priam, vénérable par sa dignité, par son grand âge, par tant d'illustres enfans, se roulant dans la fange, souillant ses cheveux blancs, faisant retentir l'air de ses imprécations, & apostrophant les Dieux & les hommes ; qui de nous, insensible à ces plaintes, ne s'y livre pas avec une sorte de plaisir ? Qui ne sent pas naître en soi-même le sentiment qu'on nous représente ? Qui ne loue pas sérieusement l'art de l'Auteur, & ne le regarde pas comme un grand

Poëte, à cauſe de l'expreſſion qu'il donne à ſes tableaux, & des affections qu'il nous communique ? Et cependant lorſqu'une affliction domeſtique & réelle nous atteint nous-mêmes, nous nous glorifions de la ſupporter modérément, de ne nous en point laiſſer accabler juſqu'aux larmes; nous regardons alors le courage que nous nous efforçons d'avoir comme une vertu d'homme, & nous nous croirions auſſi lâches que des femmes, de pleurer & gémir comme ces Héros qui nous ont touchés ſur la ſcène. Ne ſont-ce pas de fort utiles Spectacles que ceux qui nous font admirer des exemples que nous rougirions d'imiter, & où l'on nous intéreſſe à des foibleſſes dont nous avons tant de peine à nous garantir de nos propres calamités ? La plus noble faculté de l'ame, perdant ainſi l'uſage & l'empire d'elle-même, s'accoutume à fléchir ſous la loi des paſſions ; elle ne réprime plus nos pleurs & nos cris ; elle nous livre à notre attendriſſement pour des objets qui nous ſont étrangers ; & ſous prétexte de commiſération pour des malheurs chimériques, loin de s'indigner qu'un homme vertueux s'abandonne à des douleurs exceſſives, loin de nous empêcher de l'applaudir dans ſon aviliſſement, elle nous laiſſe applaudir nous-mêmes de la pitié qu'il nous inſpire ; c'eſt un plaiſir que nous croyons avoir gagné ſans foibleſſe, & que nous goûtons ſans remords.

Mais en nous laiſſant ainſi ſubjuguer aux douleurs d'autrui, comment réſiſterons-nous aux nôtres ; & comment ſupporterons-nous plus courageuſement nos propres maux que ceux dont nous n'appercevons qu'une vaine image ? Quoi ! ſerons-nous les ſeuls qui n'aurons point de priſe ſur notre ſenſibilité ? Qui eſt-ce qui ne s'appropriera pas dans l'occaſion ces mouvemens auxquels il ſe prête ſi volontiers ? Qui eſt-ce qui ſçaura refuſer à ſes propres malheurs les larmes qu'il prodigue à ceux d'un autre ? J'en dis autant de la Comédie, du rire indécent qu'elle nous arrache, de l'habitude qu'on y prend de tourner tout en ridicule, même les objets les plus ſérieux & les plus graves, & de l'effet preſque inévitable par lequel elle change en bouffons & plaiſans de Théâtre, les plus reſpectables des Citoyens. J'en dis autant de l'amour, de la colère, & de toutes les autres paſſions, auxquelles devenant de jour en jour plus ſenſibles par amuſement & par jeu, nous perdons toute force pour leur réſiſter, quand elles nous aſſaillent tout de bon. Enfin, de quelque ſens qu'on enviſage le Théâtre & ſes imitations, on voit toujours, qu'animant & fomentant en nous les diſpoſitions qu'il faudroit contenir & réprimer, il fait dominer ce qui devroit obéir ; loin de nous rendre meilleurs & plus heureux, il nous rend pires & plus malheureux encore, & nous fait payer aux dépens de nous-mêmes le ſoin qu'on y prend de nous plaire & de nous flatter.

QUAND donc, ami Glaucus, vous rencontrerez des enthouſiaſtes d'Homère ; quand ils vous diront qu'Homère eſt l'inſtituteur de la Grèce & le maître de tous les arts ; que le gouvernement des États, la diſcipline civile, l'éducation des hommes & tout l'ordre de la vie humaine ſont enſeignés dans ſes écrits ; honorez leur zèle ; aimez & ſupportez-les, comme des hommes doués de qualités exquiſes ; admirez avec eux les merveilles de ce beau génie ; accordez-leur avec plaiſir qu'Homère eſt le Poëte par excellence, le modèle & le chef de tous les Auteurs tragiques. Mais ſongez toujours que les Hymnes en l'honneur des Dieux, & les louanges des grands hommes, ſont la ſeule eſpèce de Poëſie qu'il faut admettre dans la République ; & que, ſi l'on y ſouffre une fois cette Muſe imitative qui nous charme & nous trompe par la douceur de ſes accens, bientôt les actions des hommes n'auront plus pour objet, ni la loi, ni les choſes bonnes & belles, mais la douleur & la volupté : les paſſions excitées domineront au lieu de la raiſon. Les Citoyens ne ſeront plus des hommes vertueux & juſtes, toujours ſoumis au devoir & à l'équité, mais des hommes ſenſibles & foibles qui feront le bien ou le mal indifféremment, ſelon qu'ils ſeront entraînés par leur penchant. Enfin, n'oubliez jamais qu'en banniſſant de notre État les Drames & Pieces de Théâtre, nous ne ſuivons point un entêtement barbare, & ne mépriſons point les beautés de l'art ; mais nous leur préférons les beautés immortelles qui réſultent de l'harmonie de l'ame, & de l'accord de ſes facultés.

FAISONS plus encore. Pour nous garantir de toute partialité, & ne rien donner à cette antique diſcorde qui regne entre les Philoſophes & les Poëtes, n'ôtons rien à la Poëſie & à l'imitation de ce qu'elles peuvent alléguer pour leur défenſe, ni à nous des plaiſirs innocens qu'elles peuvent nous procurer. Rendons cet honneur à la vérité d'en reſpecter juſqu'à l'image, & de laiſſer la liberté de ſe faire entendre à tout ce qui ſe renomme d'elle. En impoſant ſilence aux Poëtes, accordons à leurs amis la liberté de les défendre & de nous montrer, s'ils peuvent, que l'art condamné par nous comme nuiſible, n'eſt pas ſeulement agréable, mais utile à la République & aux Citoyens. Écoutons leurs raiſons d'une oreille impartiale, & convenons de bon cœur que nous aurons beaucoup gagné pour nous-mêmes, s'ils prouvent qu'on peut ſe livrer ſans riſque à de ſi douces impreſſions. Autrement, mon cher Glaucus, comme un homme ſage, épris des charmes d'une maitreſſe, voyant ſa vertu prête à l'abandonner, rompt, quoiqu'à regret, une ſi douce chaîne, & ſacrifie l'amour au devoir & à la raiſon; ainſi, livrés dès notre enfance aux attraits ſéducteurs de la Poëſie, & trop ſenſibles peut-être à ſes beautés, nous nous munirons pourtant de force & de raiſon contre ſes preſtiges : ſi nous oſons donner quelque choſe au goût qui nous attire, nous craindrons au moins de nous livrer à nos premieres amours : nous nous dirons toujours qu'il n'y a rien de ſérieux ni d'utile dans tout cet appareil dramatique : en prêtant quelquefois nos oreilles à la Poëſie, nous garantirons nos cœurs d'être abuſés par elle, & nous ne ſouffrirons point qu'elle trouble l'ordre & la liberté, ni dans la République intérieure de l'ame, ni dans celle de la ſociété humaine. Ce n'eſt pas une légere alternative que de ſe rendre meilleur ou pire, & l'on ne ſçauroit peſer avec trop de ſoin la délibération qui nous y conduit. O mes amis ! c'eſt, je l'avoue, une douce chose de se livrer aux charmes d'un talent enchanteur, d'acquérir par lui des biens, des honneurs, du pouvoir, de la gloire : mais la puissance, & la gloire, & la richesse, & les plaisirs, tout s'éclipse & disparoît comme une ombre, auprès de la justice & de la vertu.

FIN

www.ingramcontent.com/pod-product-compliance
Ingram Content Group UK Ltd.
Pitfield, Milton Keynes, MK11 3LW, UK
UKHW020408220726
13923UKWH00004B/1805